どんな時でも人は笑顔になれる

渡辺和子

PHP文庫

○本表紙図柄＝ロゼッタ・ストーン（大英博物館蔵）
○本表紙デザイン＋紋章＝上田晃郷

はじめに

「子どもがあの学校に合格しますように」
「病気がなおりますように」
「あの会社に就職できますように」

と、私たちは祈ります。ところが、子どもは不合格、病気はなおらない、就職も行きたいところに行けなかった、ということはよくあることです。

「神も仏もあるものか」と言いたくなるのは、こういう時です。

ところが、実は、「求めること、捜すこと、戸を叩くこと」もたいせつですが、それに応えて与えられるものを謙虚に〝いただく心〟のほうがよりたいせつなのです。

激しく求めただけに、その求めたものが与えられなかった時の落胆、捜しものを見つけられなかった時の失望には、計り知れないものがあります。

でも、そういう切なさ、つらさこそが、実は人間が成長してゆく上で「本当にたいせつなもの」「必要なもの」だったのだと、いつか必ず気づく日があるものです。

どんな時でも人は笑顔になれる◆目次

はじめに

第1章　たった一度の人生をいかに生きるか

第2章　人を育てるということ

第4章　マザー・テレサが教えてくれたこと

第5章　美しく生きる秘訣

本文イラスト……山口みれい

第1章
たった一度の人生をいかに生きるか

心遣い

名前で呼ぶことがたいせつ

「おはようございます、○○さん」

と、前から歩いて来る学生に声をかけます。すると、その時まで無表情だった学生の顔が明るくなり、なんとも言えないうれしそうな顔であいさつを返してくれることがあります。それはまるで、廊下を歩いていた一つの個体が、自分の名を呼ばれて人間にたちもどった瞬間と言ってもいいかもしれません。

多くの学生と接する中で、あらためて名前を覚えること、そして名前で呼ぶことのたいせつさに気づかされる瞬間です。そんな時、思い出されるのは、昔習った一人の教師の姿です。

私が四谷のミッション・スクールに通いはじめて三年ほどたった頃、第二次世界大戦が始まりました。ものみな日本色ひといろにぬりつぶされた中には、それまでのフランス人校長の更迭と、それに伴う若い日本人修道女の就任がありました。

生徒たちとピンポンに打ち興じることもあったその人が、肩書きもいかめしい校長になられた時、「お若いのに、しかも戦時中たいへんね」という母たちの言葉をそのまま、「たいへんなことだ」と思ったものです。

その人は、生徒の名前を驚くほどよく覚える人でした。そして用事をたのむ時なども、「○○さん、お願いします」「○○さん、どうもありがとう」と丁寧に名前を呼んで言われるのが特徴だったのです。

もう一つ、この人について覚えていることは、こちらから出した手紙に、忙しくても、そして時日がたってからでも必ず自筆で礼状を書かれることでした。時候のあいさつ程度の葉書にまで、自筆の返書を受け取って恐縮したものです。

しかしながら、こういう小さな心遣いが、相手に、自分では気づかなかったおのれの価値に目覚めさせることがあることを、この人は教えてくれました。

「名前で呼ぶ」その小さな心遣いが、人を目覚めさせ生きる喜びを引き出す。

人を育て、世の中を良いものにするのは、「あなたがたいせつ」という思いを誠実に伝え続ける人の努力。

人を生かすもの

「人はパンだけで生きるのではない。また神の御言葉による」（マタイ4・4）

この聖書の言葉との出逢いは、今から六十年以上も前になるでしょうか。東京・新宿の駅頭で、ひげをぼうぼうに生やした、薄汚い身なりの老人が机の上に聖書を堆く積んでいる傍らでした。

パンだけで生きられないというのは、本当でしょうか。飽食の時代に自殺者もまた多いということが、これを証明しているかのようです。

ある日のこと、一人の学生が訪ねてきて、座るなり手紙を差し出し、「読んでください」と言います。開いてみると、こんなことが乱れた字で書いてありました。

「ただ、食べて生きてきました。だから成長のあとがありません。大事に思えるものが何もありません。だからいつ死んでもかまいません。お金も時間も恵まれた環境も活用できない者です。こんなからっぽで、何にも影響を受けないつまらない者はいないと思います」

二十歳（はたち）を過ぎたばかりというのに、四十歳と言ってもいい顔、生気のない暗い顔をしたその学生は、頭も良く、家庭は経済的にきわめて恵まれているのでした。

「もし、この世に一人だけでも、あなたをたいせつに思う人がいたら、死にませんか?」と尋ねる私に、「はい、死にません」と答える学生。

「では、私がその一人だから、死なないで。もし死ぬ時には、ひと言私に断ってからにしてちょうだい」

その学生は、今も生きていてくれます。でも、あまり幸せそうではありません。他人の言葉もたしかに慰めや励ましとなるけれども、やはり本人が本当にそうだと自分で実感できないと駄目なようです。なぜなら、他人は決して四六時中「あなたはたいせつな人ですよ」と言い続けてはくれないからです。

「自分の生の肯定」ということは、かくして、パン以上に人を生かすものとなります。

生きることに自信を失い、
生きていても
いなくても同じという、
淋しい人が多すぎる。

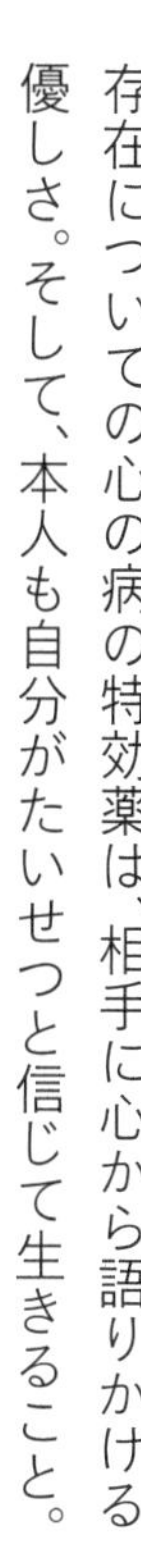

存在についての心の病（やまい）の特効薬は、相手に心から語りかける優しさ。そして、本人も自分がたいせつと信じて生きること。

ちがいを認める

個々の可能性を伸ばす

ユダヤの古いことわざに、
他人にすぐれようと思うな
他人とちがった人間になれ
というのがあると聞きました。

このような単純な言葉に、言いようのない新鮮さを覚え、日常生活を営(いとな)んでいく上での励ましを受けるのは、世の中がそれだけ画一化し、人間の価値が比較の中にのみ見出されているからでしょうか。

たしかに比較という要素は、生活する上でなくてはならないものです。それがあるからこそ、自分が置かれた位置を知ることもでき、また競争心も湧いて、自分の能力の限界に挑むこともできようというものです。

しかしながら、この比較も、人間一人ひとりは決して同じであり得ないという一つの「悟り」にも似たものなしに、ひたすら表面的な優劣に主眼を置くならば、それは、人間個々の可能性を伸ばすという教育の目的から遠く離れてしまいます。

比較には、有益なものと有害なものがある。

教育の目的は、一人ひとりが自己の可能性を実現すること。人それぞれちがう存在ということを忘れてはならない。

試練

たった一度の人生をいかに生きるか

お便りを書いてくださって、ありがとうございました。

あなたの「負けずぎらい」が、ある意味であなたを苦しめているようですね。私にもそういうところがあるので、少しわかるような気がします。

あなたは小学校の教師になりたいという幼い時からの夢を、高校入学直後、心臓が悪いということで、あきらめなければならなくなった時のショックについて書いていらっしゃいます。自暴自棄となり、ドクターストップのかかっていることも敢えてやって病状をわざと悪化させ、自殺さえ考えたそうですね。

病気であること自体も悲しかったけれど、友人が自分の夢に向かって、まっすぐ一歩一歩近づいているのに、自分は途中で曲がり角を曲がらなければならないことが、「仕方ない」と頭ではわかっていても、つらくてつらくて仕方がなかったのですね。

そして大学に入学して、今度は中学校の教師なら体育をしなくていいからと志していたのが、また膵臓炎、胃炎、胆嚢炎を併発して、この夢もあきらめざるを得なくなり、一度ならず二度までも行く手をはばまれ、人生の敗北者となり、笑顔を失ってゆく自分であったと書いていらっしゃいます。

つらかったことでしょう。自分が希望するものを次々にあきらめてゆかねばならないつらさと、他人が着々と目標に近づいてゆくのを見守るつらさ——神様は不公平だとお思いになったのも当たり前です。

でも、あなたの偉さは、そういうつらさを味わった後に、次のように書けるところに到達したことにあります。

「今日の私にたどりつくまでには、右に曲がり、左に曲がり、本当に複雑で、険しい道を歩みました。でも、そのおかげで、人生というものについて真剣に考えることができたのです。

〝それまでの私がいいかげんな生き方をしていたから、神様が私に反省を促すために病気という贈物をくださったのかしら？〟――最近では、そんなふうに思いもします」

あなたは「私は、私の世界を生きればいい」ということに気づいた時、心の整理ができたのです。そうなのです。あなたには、他の友人のように、旅行の思い出、スポーツの思い出、コンパの思い出はないかもしれない。病院での日々、闘病しながらの苦しい勉強の日々の思い出しかないかもしれない。

でも、それが、他の人にないあなた独自の思い出だと気づき、いとおしく思えるようになった時、道が拓けたようですね。

今日に重みというものがあるとすれば、それは昨日の目方だ、という言葉があります。苦労したおかげで、人生は「お遊び」ではないということ、人生は「戦い」なのだということを、あなたは二十歳で知りました。

人生とは、ただ「生きる」ことではなく、自分で「生きてゆく」ものだということにも気づいたのです。

二十歳ですでにそれを知ったということは、かわいそうなことだとも思うけれど、すばらしいことでもあります。それだけ、これからの人生は豊かになるからです。

一生の終わりに問題になるのは、小学校の教師をしたか、しなかったか、ということではなく、自分にしか生きることができなかった、たった一度の人生をいかに生きたかということです。

人生とは、
ただ「生きる」ことではなく
自分で「生きてゆく」もの。

苦労をしたおかげで、人生を真剣に考え、
人生の意味を深く知ることができる。

心と愛

生きる勇気を与える薬

戦争が始まって間もなく、東京の四谷にあるミッション・スクールの校長に任命された時、その人はまだ二十八歳でした。

「お若いのにおかわいそう」という母たちの言葉からもうかがわれたように、外国人の、それも先輩者の後を継いだ若い修道女には、苦労も多かったようです。

尊敬する人をと言われたら、私はためらわず、その人の名をあげるでしょう。若くして校長になったからでも、苦労したからでも、頭が良いからでもありません。一生徒であった私が出した暑中見舞に、在学中も卒業後も、欠かさず返事をくれたからです。義理にも上手とは言えない字の走り書きで、礼がしたためてありました。

授業におもむく途中に廊下で倒れたその人を、上京の折に見舞ったら、不自由な手で出席簿を取り出し、「今年教えるはずだった生徒たちなの。一人ひとりのために毎日祈りを唱えています」と言われました。

それは、受け取った葉書に必ず返事を出していたその人の、同じ誠実さの現われとして、私の心を打ちました。

教育の根本は技術ではありません。知識でもないのです。もしも子どもたちが知識と技術だけで育つのなら、現場の教師よりも、優れた教育機器、視聴覚教材、百科事典のたぐいで事足りるでしょう。

ところが、これらのものがいかに精巧にできていても、子どもたちに与えることができないもの、そしてそれなしには、人間は人間らしく育たないものがあります。それを「心」と言うのです。

一通の葉書は、それを受け取った側に、葉書代以上のもの、お金で買えないものを伝えました。「あなたは、私にとってたいせつな人ですよ」というメッセージです。

「今日の世界の最悪の病気は、結核でもハンセン病でもありません。それは〝自分はこの世にいてもいなくてもいい〟と感じる精神的貧困と孤独です」

ノーベル平和賞を受賞した際、新聞に報道されたマザー・テレサの言葉は、医学の限界を示すとともに、人間の心のみが癒やすことのできる分野を指し示すものでした。

巨億を費しても、いかに優秀な頭脳を集めても、研究所で決して合成することのできない薬、人の心の淋しさを癒やし、人に生きる勇気を与える薬、それは「愛」と呼ばれます。愛なしに教育は存在しないのです。

「心」と「愛」は、教育に不可欠なもの。

誠実な教師からの愛情のこもったメッセージは、子どもたちに生きる勇気を与える。

心の履歴書

冬に思うこと

二月の一番寒い日に、北海道で生まれたからでしょうか。私は、すべてを浄化するような冬の寒さが好きです。同じ二月、雪が降り積もって、大地を純白に覆(おお)った日、私の父は血を一杯流して死にました。とても寒い朝でした。

いつの間にか冬は、私にとってたいせつな季節になってしまいました。

人生の冬、それは必ずしも秋の次に来るとは決まっていませんし、三カ月ぐらい続くものとも限りません。もっと長く続く時もあれば、数時間の間、身も心も凍りつくような思いをさせて過ぎてゆくこともあります。私にも、いろいろな「冬」がありました。

八木重吉さんが、こんな詩をよんでいらっしゃいます。

苦しみのさなかに入ると
苦しみはもうなくなって
ただ生きるということだけだった

苦しみについて評論家めいたことが言えたり、苦しみの正体をあれこれ詮索したりしているうちは、まだ自分に余裕がある証拠であって、苦しみのさなかに入ってしまうと、ただもう生きることで精一杯になってしまい、気がついた時には、苦しみはいつの間にか自分の後ろにあったように思います。

履歴書を書かされる時、必ずといってよいほど学歴と職歴が要求されます。しかしながら、もっとたいせつなのは、書くに書けない「苦歴」とでもいったものではないでしょうか。学歴とか職歴は他の人と同じものを書くことができても、苦歴は、その人だけのものであり、したがって、その人を語るもっとも雄弁なものではないかと思うのです。

文字に表わすことのできない苦しみの一つ一つは、乗り越えられることによって、その人のかけがえのない業績となるのです。

学歴や職歴よりもたいせつなのは、「苦歴」。

これまで乗り越えてきた数々の苦しみ。
気がつけば、それらは経験という宝になっている。

第2章 人を育てるということ

信仰

生き方が自らの証しになる

一九七九年にマザー・テレサがノーベル平和賞を受賞された時、「あなたのような人だったら、未だ貧困をなくせない世界に、平和をもたらすことができませんか」という問いに対して、「私にできるのは、小さなことに大きな愛をこめることだけです」とおっしゃいました。

マザーは、誰をも「あ、本当にそうだ」という気持ちにする言葉をたくさん残しています。どんな言葉も心に響くのは、マザー自身がたくさん痛んでこられたからではないでしょうか？　借り物の言葉ではないということです。

私がこのところ自分に言い聞かせているのは、「信仰は、持つものではなくて、生きるものだ」という言葉です。「私、クリスチャンになったの」とか、「カトリックではこうで、プロテスタントではこうで」とか、その教義的なものを語ることだけではないと思うのです。

「今までお母様の言うことばかり聞いてきたけど、時には反抗します」と、私は十八歳の時、母の反対を押し切って洗礼を受けました。

洗礼を受けて帰ってきた私に、母は「うちは浄土真宗なのに、この子は！」と、三日間も口を利いてくれないほど腹を立てていました。

それからしばらくして、ある日、母が私に「それでもあなたはクリスチャン？」と言ったのです。つまり、「洗礼を受ける前の和子と、親の反対を押し切って、洗礼を受けて帰ってきた和子、少しはちがうかと思ったけれど」という母の気持ちが表われた言葉でした。

母の意に逆らって洗礼を受けたのに、すぐふくれるし、すねるし、口は利かなくなるし、意地悪だし、悪口を言うし、全然変わっていないではないかと言いたかったのでしょう。

ふと私は考えました。日本では、プロテスタントとカトリックを合わせても、それこそ人口の一％いるかどうかです。だから「クリスチャンだったら、こう言うはずなのに」という声が、必ずあると思ったのです。そこで私の母のように聖書と無関係の人たちが、一体クリスチャンに何を求めているのだろうと悩みました。

あの時、私にそんなことを考える機会を与えてくれた母にとても感謝しています。今でも、きっと私に「それでもあなたは修道者？」と言っていることがあるでしょう。また、時にそう自問自答をしないといけないのかもしれません。

信仰は、持つものではなくて、生きるもの。

クリスチャンに求められている生き方とは何か？
それを考えながら生きる。

寄り添う心

有言実行の努力をしよう

カトリックにしても、浄土真宗にしても、正しいことは正しいはずです。

「うちはカトリックだから、こうでなければならない」と言うより、マザーのように、語ったことを行う力を持っているか、きれいごとではなく有言実行であるかが肝心です。

「シスターは、いつもおっしゃっていることを本当に実行していらっしゃるんですか？」と、学生に聞かれることがあります。

「失敗することもあるけれど、しようと努力していますよ。一〇〇％できると思わなくてもいいから、とにかく努力は必要じゃないかしら」と答えるのです。

言っていることと行動が一致しているかどうかということは、カトリックでなくても大事なことだと思います。「小さなことに大きな愛をこめること」は、その代表的なことだと思うのです。

私の日常では、たとえば学生にこちらから「おはようございます」と言うことを心がけています。すると、その学生は「自分にあいさつしてくれた」と心が温かくなるのではないでしょうか。

取り立てて用事がなかったとしても、パッと目があったら「よく眠れた？」と声をかけてみる。それから「今日あなたのはいている靴下、可愛らしいわね」と、もうひと言添えてみると、その日の授業の感想文に「今日はシスターに靴下を褒めてもらった」と、うれしそうに書いてあるのです。

今の子たちは、少し目立ちたいと思っているのでしょう。小学校や中学校にもよく騒ぐ子たちがいるけれど、その理由の一つには、「声をかけてもらいたい」「もっと見てほしい」という気持ちがあるのだと思います。

私は学生に笑いながら言います。

「私もやっぱりね、傷つくことがあるのよ。だから、そんな時は御御堂(おみどう)に行ってね、神様にちょっとひと言、理不尽です、と言うの。でも、神様からファックスも、メールも何のお返事も入らないわね」

すると、学生たちは、「シスターは、雲の上の人じゃなかったんですね」とうれしそうな笑顔になります。

言っていることと行動が、一致することが大事。

「しっかり抱いて、下におろして、歩かせる」ということわざのように、学生たちにしっかりと寄り添い、しかも、けじめを忘れない。

苦しみを乗り越える力

私は、小さい頃から母にはかなりきびしく育てられました。その中で言われてきたことがあります。

「人生は思うままになると思ったら大まちがい。思うままにならないのが当たり前。そして、『艱難汝を玉にす』(かんなんなんじ)という言葉があるように、苦しまなかったら人は成長しない」という教えです。

学校でも修道院でも、つらい時もありましたけれど、この教えがあったことが乗り越える力になったように思います。

私は五十代の約二年間、うつ病で苦しんだ経験があります。その間も、学校の授業や仕事はなんとかこなしていましたが、常に「私にはその資格がない」という自信のなさがつきまとっていました。

そして、講義をしていても、言葉がスムーズに出てこなかったり、他人様(ひと)とお話をしているのに、いつの間にか眠ってしまったりするような時期があったのです。死んだほうがましだと思った時もありました。

けれども今は、そういう苦しみがあったから、元気な時の自分がありがたいと思うようになれたのだと思います。そして、仲間のシスターたちが、「シスター、もう人の何倍も十分お仕事をしてきたのだから、今、神様が休みなさいっておっしゃっているのではないかしら。だから、少しお休みなさいよ」

と言ってくれた優しさが、とても助けになったと思います。

なにより一番つらかったのは、ほほ笑むことができなかったことです。今まで当たり前にできていた、誰にでも「おはようございます」「こんにちは」と、にこやかに声をかけることができなくなってしまったのでした。

笑顔って伝播（でんぱ）するのです。自分が笑顔になることによって、学生がそれを見て笑顔を返してくれると、救われたような気持ちになります。

「Thank you. ありがとう」という気持ちとともに、「おかげ様で」という気持ちが苦しみを乗り越える大きな力になってくれたと思います。

人生は、思うままにならないのが当たり前。

苦しまなければ人は成長しない。しかし、どんな時にも、笑顔と「おかげ様で」の気持ちを忘れないこと。

マイナスをプラスに

病気になったおかげでわかることがある

私は自分が心の病気になったことを恥ずかしいとは思っていません。人間は体と心を持っています。体が風邪をひくことがあるように、心も〝風邪〟をひくことがあるのです。

別に自慢する必要もないことですけれども、病気になっていなかったら、一生の間になかったかもしれない、心の医者としてのキリストとの出会いがあったわけですし、事実、私は、この病気以来、少し優しくなったみたいです。特に、弱い人に対して。

それまでの私は、朝早く起きてこない仲間の修道者、「疲れる」とよく言う若い人、「元気が出ない」という同年輩の人たちを、口にこそ出さなくても「なんとだらしない、意気地がない」と心の中できびしく批判していました。私は、人間は誰しも丈夫で健康なのが当たり前だと思っていたのでした。

「つまづいたおかげで」（相田みつを著『にんげんだもの』文化出版局刊より）という詩をいただいたことがあります。

つまづいたおかげで
つまづいたり　ころんだり　したおかげで
物事を深く考えるようになりました

あやまちや失敗をくり返したおかげで
少しずつだが
人のやることを　暖かい眼で
見られるようになりました

何回も追いつめられたおかげで
人間としての　自分の弱さと　だらしなさを
いやというほど知りました

だまされたり　裏切られたり　したおかげで
馬鹿正直で　親切な人間の暖かさも知りました

そして……
身近な人の死に逢うたびに
人のいのちのはかなさと
いま　ここに
生きていることの尊さを
骨身にしみて味わいました

（以下省略）

つまずくことも、転ぶことも、だまされることも、裏切られることも、決してそれ自体うれしいことではないし、自ら望むべきことではありません。しかしながら、どうしようもなく、それらが〝来る〟時、そういうマイナス要素からさえ、プラスの要素を摑(つか)みとることが人間にはできるのです。

つまずいたおかげで弱い人を思いやることができる。

病気にならなかったら、わからないことがある。マイナスをプラスにして生きていこう。

愛をこめる

無駄な時間に価値がある

私には、物事ののみこみの遅いところがあります。しかし一旦のみこむと、仕事はわりに速いと思います。その私が忘れられないのは、母のこんな言葉です。

「和子、速いばかりが能ではありませんよ。あなたの仕事は速いけれども、ぞんざいです」

そういう母自身、決して手の遅いほうではなかったけれども、母が縫ってくれたものは決してほつれなかったし、母が結んだ風呂敷包みは不思議に途中でほどけるようなことはありませんでした。

何かそこには年季が入ったコツといったものと同時に、心、愛情がこめられていたのだと今になって思います。

星の王子さまは地球上に何千本と植えられているバラの中に、自分が星に残してきたのと同じ花を見つけることができませんでした。いぶかる王子にキツネが言います。

「君があのバラの花をたいせつに思うのは、そのために時間を使ったからだよ」

面倒に思いながらも水をやり、虫を取り、風よけを作ってやった時間は、いつしか、王子とバラの花との間に愛情を生み育てていました。

お金にならない時間、得にならない時間、その意味では無駄と思える時間の中にしか愛情は育たないということです。

スピード至上、インスタント万能の世に、待つことのたいせつさ、無駄な時間の価値を説くこと自体、時代遅れ、見当ちがいと言われるかもしれません。

しかしながら、待たないですむ人生などありはしないのです。そうだとしたら、待つことの意味も知らなければならないでしょう。

「急(せ)くことは、おまかせしていない証拠」と、かつて、あるお坊様に言われて耳が痛かったことがあります。

何もかも自分の思い通りに、思い通りのスピードで運ばれるはずだという思い上がりを正していただいた瞬間でした。

愛をこめた時間は、無駄にはならない。

速いばかりが能ではない。
費した時間には愛情が宿り、育っている。

分際を知る

思い通りにならない時にたいせつなこと

たしか、エドワード・リーンという人の本の中に、「他人の行動とか、事物を通して起こる〝ままならないこと〟に腹を立てた瞬間、私たちは謙虚さを失っている」と書かれてあったように思います。

他人から受ける不当な扱い、誤解、不親切、意地悪等から全く自由になりたい、なれるはずだと思うことは、すでに人間としての「分際(ぶんざい)」を忘れた所業であると書かれていたように思います。

修道院に入って間もない頃、人間関係に悩み、多くの不合理に心穏やかでない時、ふと手にして深く考えさせられた本の一冊です。

不完全な人間の寄り集まりである社会に生き、自分自身不完全であるからには、すべてが完璧(かんぺき)に運び、思い通りになると考えるのは大まちがいであり、それは自分を神の位置に置くものでしかない。

「天が下のすべてのことには季節があり、すべてのわざには時がある。生まるるに時があり、死ぬるに時があり、植えるに時があり、植えたものを抜くに時があり……」と『伝道の書』も言っています。「神のなされることは、皆、その時にかなって美しい」。

人の思うところは、必ずしも神の思うところと同じではありません。科学や技術がめざましく進歩し、生死まで司(つかさど)るかに見える人間の偉大さが随所で証明されているこの時代、人間の精神の真の偉大さは、おのれの限界を知ることにあるのではないでしょうか。

ままならない人生だからこそ、人間としての分際を知り、他の人に寛容になれる。

不完全な人間の寄り集まる社会で、神様でもない自分が、すべてを思い通りに生きられるはずがない。

第3章
祈ること、願いが叶うということ

思い煩（わずら）いながらおまかせして生きる

年寄りの子は、えてして心配性と言われますが、私が女学生の頃、すでに六十歳を超えていた母は、雨の降りそうにない日にも、よく傘を持たせてくれたものです。乗り物に乗る時には十分な時間的余裕を持って出かけ、降りる時には一つ手前の駅から準備しはじめるように。横断歩道を渡る時、青だったら一度赤に変わるのを待って、次の青で渡りなさい。そうすれば途中で赤になることはないから。一事が万事、このようでした。

このように育てられたためかどうか、自分でも心配性だと思うことがあります。信仰が薄いのでしょう。聖書の中に「思い煩うな」と書いてあることも知っています。野の百合（ゆり）、空の鳥を養い給い、私たちの髪の毛一本にまで心を注いでくださる父なる神がましますこともわかっています。

しかしながら、昔から私には、うんと心配したり、最悪の事態を想定すると、その心配が来なかったり軽くて済む、という迷信めいた思いがあります。それは多分、たくさん心配しておけば、実際に来た時にも「思った通り」とあきらめられるし、来なかったら、または思ったほどでなかったら「もうけもの」をしたような気になるからかもしれません。

信仰が薄いと叱られそうですけれども、キリスト様にしてみれば、そのような心配性の人間が、迷いに迷ったあげくの果てに「おまかせします」と申し上げた時のほうが、全然心配しようともしない人が事も無げに「お願いします」と言った時よりも、「よし引き受けた。心配するな」とおっしゃり甲斐（がい）があるのではなかろうかなどと、勝手に自分を慰めています。

キリスト様は、とても人間的な心を持っていてくださいます。頼られてうれしいのは人の常です。問題は、どのあたりで心配をやめて、おまかせするかであり、またおまかせした結果については、「とやかく申しません」という一札をきちんと入れる覚悟を持つということです。

「どうしてこんなヘマをなさったのだろう。私でも、もうちょっとスマートに片付けるのに」と神のなさることに思う時があります。ところが後になってみると「すべては、その時に適って美しい」のです。

天が下のすべてのわざには神の時があり、「人は神のなされるわざを、初めから終わりまで見極めることはできない」のです。だからこそ、安心して心配していていいのであり、思い煩いながら、今日もおまかせして生きていられるのだと思うのですが、これは矛盾した考え方なのでしょうか。

父なる神の愛と母の教えに守られている。

その時は理不尽に感じたとしても、後になってみると「それでよかったのだ」と思えることは少なくない。

なぜ祈るのか、祈りは叶うのか

卒業して、ある大手の会社に就職した人から手紙をもらいました。その人はこんなことを尋ねてきたのです。

「祈り続けたら、その祈りは必ず神様に届くのでしょうか。私は今、とても切なくつらいのです」

人間関係で苦しんでいるのか、または恋人ができて、自分の思いが相手に伝わらなくて切ないのか、短い手紙には何の説明もありませんでした。

「祈り続けたならば、必ずその祈りは神様に届くと思います。でも〝届く〟ということは、必ずしも、願ったことが〝叶えられる〟ということではありません」。このように返事を書きながら、いまさらのように、私は「祈る」ということはどういうことなのだろうかと考えさせられました。

「もし私が祈ったことが全部叶えられたら、どうなるのだろう」

「神様のお役目というものは、人間の願いを全部叶えることなのだろうか」

「二人の人が正反対のことを、それぞれ祈り続けたとしたら、神様はどうなさるのだろう」

「人間の意のままになる神は、〝神〟であり得るのだろうか」

「いくら祈っても、所詮、神はご自分の好きなようになさるのだとしたら、祈っても、祈らなくても同じではないか」

このように、次から次へと「なぜ、祈るのか」「祈りとは何か」「人間の自由と神のなさること」についての疑問が湧いてきたのです。

たしかにキリストは、「求めなさい。そうすれば与えられるであろう。捜しなさい。そうすれば見出すであろう。叩きなさい。そうすれば開かれるであろう。誰でも求める者は受け、捜すものは見出し、叩く者は開けてもらえるのである」とおっしゃっています（ルカ11・9－10）。

でもこの言葉には、求めたそのものが与えられると約束されていませんし、捜したそのものが見つかるとも約束されていません。むしろ、その後に、「子どもが魚を求めているのに、魚の代わりに蛇を与える父親が、いったいいるだろうか。また、卵を求めているのに、さそりを与える者がいるだろうか。このように、あなたたちは悪い者であっても、自分の子どもたちには、良いものを与えることを知っている。まして、天の父が、求める者に聖霊をくださらないことがあろうか」（ルカ11・11－13）と続く言葉があって、求めたものの「代わりに」何かをくださる可能性があることが示唆（しさ）されています。

祈ることはたいせつなことです。しかしながら「願う前に、その必要とするものを知っておられる」（マタイ6・8）天の父は、人間が願ったことをそのまま叶えることをもって、ご自分の、その人に対する愛の証しとはなさらないようなのです。

なぜならば、私たちはいつも〝欲しいもの〟を願っているからであり、神様が私たちに叶えてくださるものは、〝必要なもの〟だからだと思います。

人は欲しいものを
祈り願い、
神様は必要なものを
くださる。

祈り続けているのに、その願いが叶えられない人は、
「切なくつらい思い」をすることが必要なのだと考えてみる。

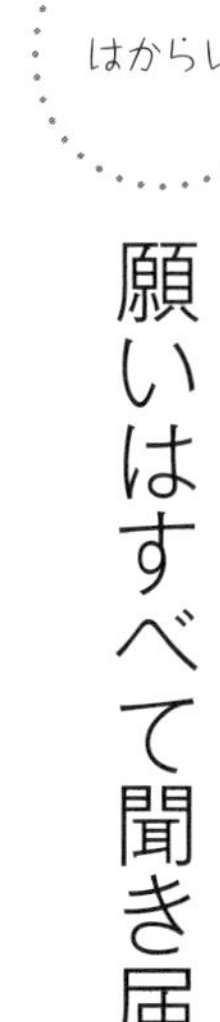

願いはすべて聞き届けられる

ニューヨーク大学のリハビリテーション研究所の壁に一人の患者の残した詩があるということです。日本語に訳してみますと、次のようになります。

大きなことを成しとげるために力を与えてほしいと神に求めたのに、
　謙遜を学ぶようにと弱さを授かった。
より偉大なことができるように健康を求めたのに、
　より良きことができるようにと病弱を与えられた。

幸せになろうとして富を求めたのに、
　賢明であるようにと貧困を授かった。
世の人々の賞賛を得ようとして成功を求めたのに、
　得意にならないようにと失敗を授かった。
人生を享楽しようとあらゆるものを求めたのに、
　あらゆることを喜べるようにと生命を授かった。
求めたものは一つとして与えられなかったが、
　願いはすべて聞き届けられた。
神の意にそわぬものであるにもかかわらず、
　心の中の言い表わせないものは、すべて叶えられた。
私はあらゆる人の中で、もっとも豊かに祝福されたのだ。

一九九〇年の夏、私は米国のセントルイスという街を訪ね、たまたまイエズス会の修道院に、この原文を見つけました。それはＪ・ロジャー・ルーシーという神父が書いたものだということでした。多分、思わぬ病気か怪我をして、自分の〝欲した〟ことが成しとげられず、苦しみ、その苦しみのあげくの果てに到達した境地なのでしょう。

最後のほうにある「求めたものは一つとして与えられなかったが、願いはすべて聞き届けられた」という言葉や「心の中の言い表わせないものは、すべて叶えられた」という言葉に惹(ひ)かれます。

願ったことが一つも叶わなくても、すべて叶えられたという境地。

ありがたくないものをくださるのは神様のはからい。
それに気づくのは、苦しみや悲しみを乗り越えたあと。

謙虚さ

神様は一番善いことをしてくださる

私は「いただく」という言葉が好きで、日常会話の中でも、できるだけ使うようにしています。

「くださるものをいただく」

このような心で祈る時、その祈りは必ず、神に〝届く〟と思うのです。

届いたということは、決して、そのことがそのまま叶えられる結果になるということではなくて、神がその時、その人にとって一番〝善いこと〟をしてくださるということなのです。

「お祈りしています」と誰かに約束する時、その人の当座の願い事が、そのまま叶えられるようにと祈るとともに、その人が、求めたことに対して与えられた神様の「返事」を、ありがたく〝いただく〟ことができるようにと祈ることも忘れてはならないのではないでしょうか。

〝請求書の宗教〟でなく〝領収書の宗教〟を持って生きてゆきたいと思います。「ください。ください」と欲しいものをやみくもに願うことが真の祈りなのではありません。

「たしかにいただきました。ありがとうございました」と、神様のくださるものの一つ一つを、しっかりいただいて感謝する〝心〟こそを、私たちは真に祈り求めるべきなのでしょう。

神様の
はからいを信じて
心を委ねる。

求めてもいないものが与えられた時には、謙虚にいただこう。

なぜそれが与えられたのかは、いつかわかる。

前向きのヒント

「神様のポケット」で心にゆとりを

修道服についている大きなポケットを私は「神様のポケット」と呼んでいます。あいさつや笑顔を、たとえ返してもらえなくても、傷ついたり腹を立てたりするのではなく、自分からあいさつやほほ笑みをするたびに、神様へお渡しできるものがポケットに貯まっていくと考えるのです。

神様へお渡しできるものをポケットに貯めておいて、一番いい時に一番いい人に使ってくださるようにと、神様と約束するのです。

私も年齢的にあちこちに出かけていける機会が少なくなっていますが、そんな時にも「今、さみしい思いをしていらっしゃる、おじいちゃま、おばあちゃまがいらしたら、神様、私の代わりにその方を慰めてください。誰かをよこして、そして言葉をかけてください」とお願いするのです。そのためにも、「神様のポケット」にたくさん貯めておかなければいけません。

マザー・テレサは、笑顔の尊さ、一人ひとりをたいせつにすることを教えてくださいました。嫌な方とすれちがっても笑顔を見せる。その笑顔は、見た目には相手の方に対してでありながら「それも神様に差し上げます」という思いで実行するのです。

すると不思議なことに、ちっとも損した気がしなくなります。

神様との約束のおかげで、どんな時も笑顔になれる。

マザー・テレサの教えをヒントにした、
嫌な思いにとらわれずに、前向きに生きる方法がある。

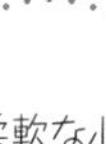

平凡な日々をかけがえのない日々に

十七歳の少女が書いた「キャベツになれば」という詩です。

バサッと切ったキャベツの切り口
びっしりつまった葉
すき間なく重なりあった葉、葉
きっと、このキャベツには
後悔はないだろう

私が一個のキャベツになれば
葉と葉の間はすき間だらけだろう
そこにつまっているものは
失敗、不安、悲しみ、絶望――
自分を失い忘れてしまうとき
私は一枚の葉も
わが身につけることは
できないだろう
そんなキャベツは
つかめばブスッとつぶれてしまうだろう
見かけも不格好にちがいない

きっとこのキャベツは
一枚一枚
自分を育ててきたのだろう
たった一個のキャベツが
まぶしかった

上手な詩ではないかもしれません。しかし、たった一個のキャベツを「まぶしく」見ることができる、言い換えれば、ありふれたものにも感動することができる、この若い人の心に打たれました。そして私もまた、この感動する心を失いたくないものだと思ったことでした。

毎日は、平凡なことの連続ではないでしょうか。私も時に「私はいったい、何のために生きているのだろう」と、修道者らしからぬ思いを持つことがあります。人間の一生の間には、生き甲斐に満ち満ちていて、何のために生きているのかと問うひまもなく、飛ぶように時間がすぎる時期もあれば、生き甲斐と呼ぶものを捜し求めなければいけない時期もあるように思うのです。

いずれの時期も、神の恵みの時であることに変わりはありません。

そして、平凡な日々、変わりばえのしない些事(さじ)は、愛がこめられることによって、かけがえのないものに変わるのです。キャベツの一葉が生まれるのです。

ありふれたものにも感動できる心をなくさないでいよう。

なにげない日常が、かけがえのない日々になる、謙虚で柔軟な心をたいせつにしよう。

第4章
マザー・テレサが教えてくれたこと

第一印象

マザー・テレサとの出会い

マザー・テレサに初めてお会いしたのは、一九八一年の初来日の時でした。池袋のサンシャインシティでマザーのお話がうかがえると知り、私は通訳としてではなく会場へまいりました。

待ち構えていた報道陣と約七百人の参加者が息を詰めて見守る中を、小柄なマザーは、うす汚れた粗末なサリーにグレーのカーディガンを着たいつもの姿で、少し背を丸め、両手を胸の前に合掌させたまま、演壇に立たれました。

「生命の尊厳を考える国際会議」ということもあって、マザーは、胎児の生命が、中絶・堕胎によって損なわれてはならないこと、そのためには適切な家族計画が必要であることを聖書の中の出来事等から話し始めたのです。

キリスト教国でない日本で、信者でない大部分の聴衆を前に何のためらいもなく、神の愛を説き、キリストの十字架、マリアへの崇敬、生活の中の祈りの重要性を語るマザーの姿に、予想していた「柔和さ」よりもむしろ「きびしさ」を感じたのは、私だけだったでしょうか。

「人々はこんな冗談を言います。マザー・テレサは家族計画を進めている。それなのにマザーの子どもの数は、毎日無制限に増えている……」

この時、チラッと見せたいたずらっぽい笑顔が印象的だったのは、その前後のマザーのお顔がとても険しかったからかもしれません。

その二カ月前に来日された法王ヨハネ・パウロ二世は、笑顔と親しみやすさで日本人の心を魅了しました。彼の周囲には生気があり、躍動があり、明るさがありました。

そしてマザー・テレサには、日常のこととしてある数多くの死、病と貧困の極み、〝望まれずに生きている人々〟を朝から晩まで見つめている者のみが持つ「悲しみ」があったのです。

マザー・テレサには、「柔和さ」よりも「きびしさ」を感じました。

死、病と貧困、〝望まれずに生きている人々〟を見つめるマザーには、強さと静けさ、そして悲しみの表情があった。

豊かさ

「きれい」だけれど「貧しい」

「私のカルチャーショックといいますか、日本の第一印象ですが、とてもきれいですね」

マザーは、「きれい」というところをbeautifulではなくprettyとおっしゃいました。

「歩いている方たちの洋服とか持ち物もきれいです。それから町並み、建物もきれい。病院も、家も、走っている車もきれいですね」

そうおっしゃるマザーのお顔が、随分と険しいように思いました。

そして、こう続けられました。

「でも、あのきれいな家の中で、夫婦の間にいたわり合いがないとしたら、それから親子の間に、ほほ笑みかける時間や話題がないとしたら、それはインドのカルカッタの泥でこねた小屋に住んでいる家族たちよりも貧しいことです」

マザーが講演会場に向かう道中でご覧になった東京は、おそらく道は舗装され、ゴミが散乱することもない、清潔感のあるきれいな風景だったのでしょう。当時、池袋のサンシャイン60のビルができたばかりの頃ですから、本当に建築物として美しい印象をお持ちになったと思います。

若い人のファッションも、まぶしくプリティ（きれい）だったことでしょう。しかし、その「きれい」と「貧しさ」を対で使われたことが、私の心に強く響きました。

マザーはこうもおっしゃいました。

「日本の国は、本当は豊かではありませんね。なぜなら、生まれてくる子どもたちを養うことができないと言って、中絶する人たちも少なくないと聞いたからです。でも、どんなことがあっても、生まれてくる子は産んであげなくてはいけないのです」

「子ども一人さえ養うことができない日本の国に、本当の豊かさがあるのでしょうか」と、おっしゃりたかったのだと思います。

もちろん、その国にはその国なりの事情もあると心得ていらしたので、責めるようなことはひと言も口にされていません。

しかし、ご自身の意見を、心からの言葉で伝えたのです。私は一人の聴衆として耳を傾けるだけでしたが、このお話は、その後ずっと心に深く残っていました。

どんなにきれいな家に住み
きれいな物を持っていても、
愛がなければ貧しい。

マザー・テレサは、「きれい」と「貧しさ」という言葉を対で使い、本当の豊かさについて問いかけた。

秘密

神様との「笑顔の約束」

次にお目にかかることができたのは、三度目に来日された一九八四年でした。原爆の地・広島で平和についての講演があり、その帰りがけに岡山にいらっしゃることになったのです。

そこで私は、岡山滞在中の通訳をするように言われ、当日、岡山駅にお迎えに向かいました。駅に着くと、すでに駅はマザーの到着をいまかいまかと待ちわびる人で溢れていました。

マザーが岡山にお着きになったのは、夕方の四時くらいだったでしょうか。

もう一人のシスターと共に、ホームから階段を下りていらっしゃいました。その姿を見つけた私は、思わず階段を駆け上がっていました（その頃、私は五十幾つでしたから、そんなことも平気で）。

一九一〇年生まれのマザーは、一九二七年生まれの私より十七歳年上でした。

階段を下りていらした時はニコッとなさいましたが、実はいつもニコニコされている方ではないのです。

私が感心したのは、「マザー、こちらを見てください」という声が、報道のカメラマンなどからかかると、必ず笑顔になることです。いつも笑顔でいらっしゃるというよりも、「マザー、お願いします」と言われると、声がした方向を笑顔でご覧になるのです。

その日、マザーは東京から新幹線で広島入りし、長い時間お話をなさって、そこからまた岡山に移動されたのです。さぞお疲れのはずなのに、声がかかるたびに、必ずニコッと笑顔を向けていらっしゃいました。

お話を聞かせていただいた学生たちが、「マザー、どうぞお使いください」と、何かを志としてお渡しした時も、笑顔で受け取ってくださいました。

三回目の来日で、初めての時よりは日本に慣れてくださったのかもしれませんが、ずっと学生たちが取り囲んでいましたから、かなり疲れていらっしゃるはずでした。

いつも人に囲まれて、私だったら「もうよして」と言ってしまいそうな状況でしたが、ちっともそういう素振りをお見せにならない。何と愛想のいい方だろうと思っていたのです。

ところが、夜になって、ようやく一区切りがついたので、夕食を召し上がっていただこうと、修道院へとご案内をした時のことでした。

「この通路を行けばすぐでございますから」と、足元を懐中電灯で照らしながらマザーと二人で移動しました。十一月二十三日、勤労感謝の日のことです。

暗くて寒い中を、並んで歩いておりましたら、途中で「シスター、私はね」とマザーが話してくださったのです。

「私はね、どんな時にも笑顔になります。なぜなら、私の笑顔の一つ一つで、今、神様の元に召される魂が、神様の御手に抱かれるように、神様とお約束をしてあるのです。どんな時でも嫌な顔をしない。面倒くさそうな顔をしない。その代わりに、神様、お約束ですよ。笑顔をするたびに、一人ちゃんと天国へ入れてやってくださいと」

神様との契約、約束です。

ただ周りに合わせた笑顔ではなく、「私はどんなにつらくても、疲れていても、今、写真を撮りたいという人のために笑顔をしますから、どうぞ神様、召される魂を御手に抱き取ってください」という、お考えだったのです。

「ああ、私はなんて情けないのだ」と自分を恥じました。私はそんなことは考えてもいなかったのです。「マザーの笑顔は愛想の良さ」もしくは「写真がお好きなのかもしれない」と思っていたのでした。

私は深く反省し、その経験から、多くを学ぶことができました。

それからは私も、「シスター、こっちを向いて」と学生から言われると、下を向いていたくても笑顔をします。そして私も神様とお約束するのです。

「神様、私の笑顔を一つ差し上げますので、どんな人でもどうぞ受け取ってください」

今ふうに言うと、マザーは神様と絶えずメールをなさっていたのですね。

もちろん、それも愛なのです。相手をたいせつにしていらっしゃる。だから「マザー、こちらを見てください」と声をかける人をないがしろにしない。

つい「今まで二百人に笑顔をしたから、もう堪忍して」と思ってしまいそうですが、相手にとって、自分は今、唯一の被写体なのです。

一人ひとりをたいせつにするとともに、その笑顔は神様に捧げられていたのです。

マザーの笑顔には、神様との真剣な契約がありました。

どんなに疲れていても笑顔を見せるマザー。その笑顔は、一つの魂が天国に召されるようにと、神様に捧げられていた。

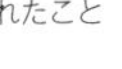

大事なこと

施し（チャリティ＝charity）ではなく、愛（ラブ＝love）を

岡山の教会の隣にある乳児院へマザー・テレサをお連れした後、教会でお話をしていただくことになっていました。かなり大きな会場ではありましたが、たくさんの人が流れるように、どんどん入っていきます。

駅でお出迎えしていた方がたはもちろん、その他にもたくさんの人がおいでになって、ついには入りきれないという事態になってしまいました。

そこで、急きょ会場の外にもモニターを置いて、中に入れなかった人にもマザーのお話が聴こえるようにしました。

そこでのお話は約一時間、マザーのそばに立って私は通訳を務めました。

マザーのお話は非常にシンプルです。相手がキリスト教の信者であろうとなかろうと、とにかく、

「神様を大事にしなさい。家庭を大事にしなさい。祈りを大事にしなさい」

と、繰り返しおっしゃいました。

難しい言葉はほとんどお使いになりません。ですから、私の通訳も決して難しいものではありませんでした。

神様と家庭と祈りを大事にしなさい。

岡山にお迎えしたマザーは、キリスト教の信者であるなしにかかわらず、講演会場の人々に向かって、熱心に語った。

人間として

逝(ゆ)く間際の「Thank you」のために

講演の最後に、質疑応答を受けることになった時のことです。「質問のある方は?」と申しましたら、男の方が一人手を挙げて、こう尋ねました。

「私はマザーをとても尊敬していますが、一つわからないことがあってお伺いします。マザーのいらっしゃるところは、たしか医療が十分ではない。医薬品、それから人手も十分でない。なのに、なぜ、その足りない薬や人手を、それをあげたら今までよりも良くなるであろう人にではなく、手を差し伸べても助からないかもしれない瀕死の人たちに与えるのですか?」

医療には「トリアージ」という考え方があります。それは、主に大規模な災害や事故現場などで多数発生した患者に対し、限られた数の医師や医薬品を最大限に活かせるように、緊急性や重症度に応じて治療を優先する患者を決める方法です。その優先順位は、赤、黄、緑、黒という色別の紙を患者につけることでも知られています。

医師や薬を使うのであれば、早く手当てをすれば良くなる確率の高い人を優先するという考え方に私も納得していましたので、この質問へのマザーの答えを私もお聞きしてみたいと思いました。

すると、マザーはわりにきびしいお顔でおっしゃいました。

「I don't think so. 私はそうは思わない」

そしてこう続けられたのです。

「私のところに連れてこられる人たちというのは、まず、望まれずに生まれてきた人たちが多いのです。母親が中絶するお金も、代わりに育ててくれる人を捜すあてもなく、育てる手立てを見つけることができないまま、産み捨てられた子どもたちです。

そして、生きている間じゅう、『邪魔だ、汚い、臭い』と言われて、居場所もなく阻害された人たち。あげくの果てに病気になり、臨終が近くなっても誰も診てくれません。

だから私たちは連れて帰るのです、その死を待つ人たちを私たちの家に。

今まで飲んだこともない薬を与えられ、今まで一度も感じたことのない優しさで包まれ……やがて死にゆく時が訪れると、ほとんどの人が、『Thank you. ありがとう』と言って逝くのです。中には笑顔さえ浮かべて逝く人もいるのですよ」

愛されずに一生を終えようとしている人を愛で包む。

生まれてはじめて貴重な医薬品と手厚い看護を与えられた人は、恨み言ではなく、感謝の言葉と笑顔を見せてくれる。

一人ひとりに寄り添うマザーの愛

一九五二年、マザーはお金がなく病院へも行けない路上生活をしていた人たちの最期をみとるための施設「死を待つ人の家」を作りました。

そこでは、たとえ助かる見込みがなくても、できる限りの心のこもった看護を受けられたのです。その看護は、人種や宗教を超えて、すべての人を心安らかに見送るという精神で行われていました。

このマザーの価値観というものは、お情けではないと私は思いました。マザーが話す時には、施し（チャリティ＝charity）というような言葉ではないのです。愛（ラブ＝love）なのです。日本語でも、看護の「看」は「手」と「目」から成っていますが、まさに手を差し伸べて、そばで支えて、見守ることなのです。私は、なるほどと思いながら通訳していました。

生まれてこのかた、誰にも必要だと思われずに死んでいく人が、最後の最後になけなしのお薬を惜しげもなく与えられて、そして温かい看護を受ける。マザーハウスに迎えられる人たちには、生きようが死のうが、とにかく「最後の最後でもいいから、人間らしく死なせてあげたい。人間らしさを味わってほしい」というマザーの思いが通じるのだと思います。

質問をした男性は、「ありがとうございました」と納得した様子でした。

教会でのお話が終わった後、マザーは会場をお出になったところで「箱のような台を持ってきてほしい」とおっしゃいました。

何かと思うと、マザーはその台の上に立ち、モニター越しに話を聴いていた会場の外の人たちに語りかけたのです。

「あなた方は外で聴いてくださっていたそうで、どうもありがとう」

そして、会場での講演内容をやや簡略化しながら、外でもお話を始められたのでした。

マザーは、「あなた方は、たまたま会場の中に入れなかったけれど、あなた方も中にいる人と同じく話を聴きに来てくださったたいせつな方がたなのです」とおっしゃいました。

会場に入れなかった人たちも、マザーの語りかける相手として外されていなかったのだ、という気持ちをお伝えになりたかったのだと思います。

一人ひとりを思う気持ちが溢れていて、マザーらしいと思いました。

マザー・テレサには、一人ひとりをたいせつにする本当の濃(こま)やかさがありました。

マザーの活動は、施し（チャリティ＝charity）ではなく、一人ひとりを思って注がれる愛（ラブ＝love）。

愛を伝える

あなたはあなたでいい

いつもできているわけではないのですが、私自身も今、目の前にいらっしゃる方が、それぞれに何かしらの苦しみや悲しみをお持ちの方なのだと思って接しています。

どんなに忙しくても仕事としてではなく、「今、私はこの方とお話をしているということは、今、私はこの目の前の方のためにここにいるのだ」と。

ですから一生懸命にお話を伺うし、尋ねられれば、答えられることは答えます。今、目の前にいらっしゃる方をたいせつに思うということです。

うちの幼稚園の先生たちにも、「子どもたちが卒園していく時に、この幼稚園に通って、僕は（私は）愛された、という思いを持たせて卒園させてください」と伝えています。

何ができようとできまいと、病があろうとなかろうと、その家庭が富んでいようといなかろうと、手の掛かる子であろうとなかろうと、とにかく「あなたはあなたでいいのよ」と、愛された、たいせつにしてもらったという気持ちを育みたいのです。

マザーも直接的にはほとんど使っていらっしゃいませんでしたが、実は、私は「愛」という言葉を使うのがあまり好きではありません。もちろんたいせつな言葉ですが、「愛している」や「I love you」という言葉を多用することよりも、相手を受け入れるといいますか、マザーもそうであったように、とにかく「あなたはあなたでいいのよ」という気持ちを伝えていけたらと思っています。

どの子の心にも
「愛された」
「たいせつにしてもらった」
という気持ちを育みたい。

「自分は愛された」という記憶が自信となり、
その人生を支える。

第5章
美しく生きる秘訣

雰囲気

マザーがかもし出しているもの

雰囲気というものは、目に見えないけれど、体全体で感じるものです。部屋に入った途端に、自分が歓迎されているのか、いないのかわかる時があります。今まで和(なご)やかだった雰囲気が、一人がそこに加わっただけで、険悪なものに変わることもあるのです。

雰囲気というのは、目には見えない〝人の心〟がかもし出すものと言えましょう。一人ひとり、その人独特の雰囲気を持っていて、それは多くの場合、その人の価値観や生活態度から生まれてくるもののようです。

ヘンリー・ニューマンという英国の枢機卿（すうききょう）が作った祈りの一つに、「神の愛の輝き」というのがあります。その中でニューマンは、「主よ、私がどこにいても、あなたの香りを放つことができるように、私をお助けください」と祈っています。

キリストが持っていたであろう香りとは、ほかでもないキリストの雰囲気で、それを静かに、しかも馥郁（ふくいく）と放つことができる人になれたら、どんなに良いことでしょう。

人を包みこむような愛と許しの雰囲気があるところには、平和があります。

マザー・テレサは、このニューマンの祈りを毎日唱えていました。以前、マザーをカルカッタ（現コルカタ）に訪ね、一緒にミサに与（あずか）っていた時のことです。

喧騒の街中にあり、通りに面して開け放たれた窓からは騒音が絶え間なく入るチャペルでしたが、壁を背に、合掌して祈るマザーの周辺には、冒しがたい静寂がありました。

それは、身も心もすべてを神に捧げ、人並み以上のきびしい修道生活を送りながら、その愛とほほ笑みを人々、特に貧しい人々に惜しみなく与えているマザーの体全体がかもし出している雰囲気でした。

そこにキリストの香りが馥郁として漂っていたことを、今もなつかしく思い出します。

「愛」と「許し」の雰囲気を放つ人になれたら。

雰囲気とは、その人の価値観や生活態度から生まれてくる、目に見えないけれど、感じさせるもの。

輝き

きれいさと美しさの境目

マザー・テレサは本当に美しい方でした。いくら見ていても見飽(みあ)きない方です。内面からにじみ出る輝きがあるのです。

祈りと同じで、人間の美しさというのも内面から生まれてくるものですから、年齢を重ねたらその時にしかない美しさがあるのです。苦労したら苦労したで、しわが増えたかもしれないけれど、その中にも美しさがあります。

それを一生懸命にお化粧で隠したり、しわを少なくするとか、鼻を高くするとか、まぶたを二重にするとか作り変えようとする人もいます。きれいにしようとするとお金はかかりますし、一見したところきれいかもしれないけれど、それがいつまでもつのかしらとも思います。

「きれいさにはお金がかかるけれど、美しさにはかからないのよ」

と、私は学生に話しています。

美しさというものは、年に応じてその人に付いてまわるもので、その人にしかないもの。でも、きれいにするための化粧というのは、いろいろな化粧品を使っても、同じように眉を引いて、同じようにアイメイクをして。それでは、みんな同じような顔になってしまいます。

お風呂に入ったり、雨にぬれたりで、剝がれてしまったらどうするのでしょう。洗うだけで変わってしまうものは、本当の美しさとは言えないでしょう。

雨が降っても落ちない化粧、それが真の美しさです。

きれいさにはお金がかかるが、美しさにはかからない。

化粧品で美しくなっても、洗えば元通り。

本物の美しさとは、年齢や苦労を経てにじみ出る内面の輝き。

心の井戸

「聖所」を持って生きる

『星の王子さま』の中で、王子が砂漠に水を求めに行くところがあります。あてどもなく歩いてゆくと、月の光を受けて砂漠は美しい。

王子が言います。

「砂漠が美しいのは、どこかに井戸を隠しているからだよ」

人間もそうです。表面に現われない「井戸」を心の奥深くに持っている時、人は美しくなります。

それは、他人に言えない秘密を持って生きるというようなことではありません。

一人ひとりが自分の存在の奥深いところに一つの「聖所」とでも呼ぶべきものを持ち、年とともにたいせつに育ててゆくということなのです。

そこは他の誰にも、親にも、配偶者にも、親友にも、恋人にも踏みこませない自分の心の部分であるとともに、どんなに愛し、信頼した人から裏切られた時にも、逃れて自分を取り戻し、自分を立て直すことのできる場所です。

騒がしい人混みの中でも孤独になれる場所であり、一人でいても淋しくない所以(ゆえん)です。

体のどの部分にあるかと尋ねられて指し示すことはできないけれども、一人で生まれ、一人で死んでいかなければならない人間が、その一生の間、自分らしく生きるためにどうしても必要な「場所」なのです。

砂漠が美しいのは、どこかに井戸を隠しているから。

表面に現われない「井戸」＝「聖所」をたいせつに育てよう。

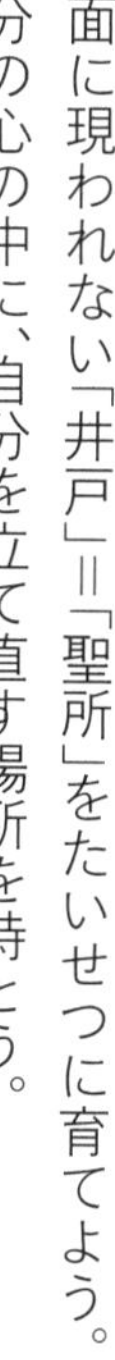

自分の心の中に、自分を立て直す場所を持とう。

理解

他人の「聖所」に踏みこまない

「聖所」を持って生きるということは、お互いに水くさい間柄で生きるということを意味するものではありません。

人間はお互いにどんなに多くの言葉を費して語り明かしたとしても、寝食を共にしたとしても、なお理解し合えず、理解し尽くせないものを持つのです。それは一人で生まれ、一人で死んでいかなければならない人間が持つ宿命とも言えるでしょう。

それを悟らずに相手を知り尽くそうとする時、不幸と絶望が生まれ、「あの人のことなら何でもわかっている」と思いこむ時、大きなまちがいをおかすこととなります。

人間理解ということは、矛盾するようですが、「人間は理解し尽くせない」という前提のもとにのみ可能であり、この孤独な人々が互いにいたわり合い、できるだけ理解し合おうと努める時にのみ真に愛し合うこともできるのです。

私たち一人ひとりには不可交信性（incommunicability）という部分があって、また、それがあるゆえに「知り尽くしていない」相手に対しての尊敬が生まれ、「知り尽くされていない」自分についての淋しさと同時に誇りが残るのです。

美しい人というのは、年とともにこの「聖所」を自分の中に育ててゆく人であり、他人の「聖所」に土足で踏みこまない繊細な心の持ち主です。

真に愛し合うためには、相手を知り尽くそうとしないこと。

「人間理解」とは、「人間は理解し尽くせない」ことを知った上で、いたわり合い、相手を尊重すること。

なにげないひと言

人を励ます言葉を持っていますか？

キリストはこの世に在り給うた間、多くの人に生きる勇気をお与えになりました。放蕩息子に対しても、迷える羊にも価値があることを教え、石殺しにされようとした罪の女に、「私もあなたを罰しない。二度と同じ罪を犯さないように」とやさしく仰せられました。

治癒を心から望みながら、それが言い出せない中風の病人に、「なおしてほしいか」と問いかけ、一人息子の死に生きる勇気を失って声も出ないやもめには、黙って息子を生き返らせておやりになりました。

キリストの生涯の間に、数知れない多くの人々は、ただ彼に見つめられただけで、ほほ笑まれただけで、または肩に手を置かれただけで、勇気づけられ、力づけられたことでしょう。

「先生は覚えていらっしゃらないと思いますが」と前置きして、一人の学生が卒業間際にこんなことを話してくれました。

「ある日、何もかも空(むな)しく思えて、渡り廊下のところでぼんやり犬を見ていたんです。そうしたら先生が通りがかりに『いい犬でしょう』って言われました。何かその言葉で元気づけられたことがあるのですよ」

自分では全然覚えていないことでした。なにげなく言ったのでしょう。にもかかわらず、その言葉にこの学生は慰められたと言います。

私たちは毎日、なんと多くの言葉を話すことでしょう。しかし、その中のいくつが、人を励まし喜ばせる言葉になっているでしょうか。

なにげないひと言でも、人の気持ちを明るくできる。

どんな言葉を話しているだろうか？
労（いたわ）りや思いやり、ユーモアを心がけよう。

使命

「一輪の花」として生きる

日本人は古来、花というものを生活の中に取り入れ、花に心を託し、花に慰められてきました。私自身、「花の人生」をいつも夢見て生きてきました。

幼児のそれは、きれいな花嫁さんになることであったし、十代後半を過ごした戦時中は、空襲のたびに防空壕(ぼうくうごう)に飛びこむことなく、お腹いっぱい食べることのできる人生という次元の低い夢だったこともあります。戦後に夢見たのは、あでやかに、華やかに自分の二十代の若さを奔放に生きることでした。

いつからか、この「花」の意味が変わってきました。修道生活を選んだということも無関係ではありませんが、いつしか「花の人生」は私にとって、華やいだ人生ということから、「一輪の花」として生きるということに変わったのです。それも、大輪の、人目を引く花でなくてもいい、健気(けなげ)に咲く花に心惹かれるようになったのには、一つの詩が介在していたように思います。

ある人が送ってくれたその詩は、英語で「Where God has planted you, you must bloom.」という言葉で始まっていました。その人の自作なのかどうか、いまだにわかりません。

神が置いてくださったところで
咲きなさい。
仕方がないと諦めてでなく
「咲く」のです。

「咲く」ということは
自分が笑顔で幸せに生き
周囲の人々も幸せにするということです。

「咲く」ということは
周囲の人々に　あなたの笑顔が
私は幸せなのだということを
示して生きるということなのです。
〝神が私をここに置いてくださった
それは　すばらしいことであり
ありがたいことだ〟と

あなたのすべてが
証明することなのです。

「咲く」ということは
他の人の求めに喜んで応じ
自分にとって　ありがたくない人にも
決して嫌な顔　退屈げな態度を
見せないで生きることなのです。

その頃の私は、若くして思いがけず与えられた管理職の重みに耐えかねて、口には出さずとも「今の仕事さえしなかったら、今の立場にさえ置かれていなかったら」と、心の中に呟(つぶや)くことの多い日々でした。

人間は一人ひとり花です。小さい花もあれば大きい花もあり、早咲き、遅咲き、色とりどり店頭に飾られ、買われてゆくのもあれば、ひっそりと路傍で「花の一生」を終えるのも多いでしょう。

花の使命は咲くことにあります。他の花と比べて優劣を競うことにもなければ、どこに置かれるかにもなく、自分しか咲かせられない花を一番美しく咲かせることにあります。

それは決して「迷い」のないことを言っているのではありません。もっと日当たりの良いところだったら、もっと風当たりの少ないところだったら、もっと広々としたところだったらと、嘆(なげ)くことがあってもよい。

そんな思いを抱いてもいいのだけれども、それにのみ心を奪われて、みじめな思いで一生を過ごすのでなく、置かれたところで精いっぱい、それも詩の中にうたわれているように「咲く」こと、それがいつしか花を美しくするのです。

人の使命とは
自らが笑顔で生き、
周囲の人々も
幸せにすること。

自分にしか咲かせられない花を、
どこに置かれても、精いっぱい咲かせよう。

本作品は、二〇一六年十二月三十日に八十九歳で帰天した著者が、その十日前に校閲を終えた遺作として、二〇一七年三月にＰＨＰ研究所より刊行されたものです。

（編集部）

著者紹介

渡辺和子（わたなべ・かずこ）

1927年2月、教育総監・渡辺錠太郎の次女として生まれる。51年、聖心女子大学を経て、54年、上智大学大学院修了。56年、ノートルダム修道女会に入り、アメリカに派遣されてボストン・カレッジ大学院に学ぶ。帰国後、ノートルダム清心女子大学教授を経て、同大学学長、ノートルダム清心学園理事長、日本カトリック学校連合会理事長を務めた。2016年12月30日帰天。

著書に『置かれた場所で咲きなさい』（幻冬舎）、『目に見えないけれど大切なもの』『幸せはあなたの心が決める』（以上、PHP文庫）ほか多数がある。

ＰＨＰ文庫　どんな時でも人は笑顔になれる

2023年10月16日　第1版第1刷

著　者　渡辺和子
発行者　永田貴之
発行所　株式会社ＰＨＰ研究所
東京本部　〒135-8137 江東区豊洲5-6-52
ビジネス・教養出版部　☎03-3520-9617(編集)
普及部　☎03-3520-9630(販売)
京都本部　〒601-8411 京都市南区西九条北ノ内町11
PHP INTERFACE　https://www.php.co.jp/

組　版　有限会社エヴリ・シンク
印刷所
製本所　図書印刷株式会社

ISBN978-4-569-90363-7

PHP文庫

幸せはあなたの心が決める

渡辺和子 著

幸福に生きるうえで大切なことはなにか――。帰天後も多くの人々に支持されるシスターによる人生指南書。30万部ベストセラーを文庫化!